그날이 오면

그날이 오면

김용배 시집

불교문예

겨울 봄 여름 가을
계절이 바뀌면
닫혀 있던 가슴이 열려
글을 쓰고 싶어진다

아름다운 꽃들이
피고 지고 말하는 소리
잠시 머물다 사라지는
일체만물의 기쁨과 슬픔에
어울리고 싶다

바람이 옷깃을 스칠 때
떨리는 가슴으로 글을 쓴다
진실을 담아낼 수가 있을지
두려운 마음으로

세상의 고통에 무기력해질 때

눈물을 흘리며 쓴다
쓰고 나면 마음에 차지 않을 때가
너무 많지만
견딜 수 없어 쓸 수밖에 없다

아무도 봐주지 않아도
읽을 수 있고
쓸 수 있을 때까지
귀를 열고
눈을 뜨고
맺힌 한을 풀어내고 싶다

나를 사랑하고
당신을 사랑하고
다른 많은 사람을
세상을 사랑하기를
더 넓어지고 깊어지기를
소유를 넘어
존재하는 그대로 사랑하기를
진실로 차별 없는 사랑을
사랑하기를

하루하루
순간순간의 삶을
사랑하기를

나의 글은
간절히 발원하고 있다

삶은
사랑이어야 하므로

2022년 정초에
보명寶明 김용배

|차례|

■ 序詩

제1부

제2부

제3부

제4부

산골 마을 소년이 경전을 읽는데
호랑이가 와서 등에 타라 하니
등에 타고 동굴에 도착하니
어미 호랑이 목에 가시가 걸려 괴로운데
소년이 목에 손을 넣어 가시를 빼주니
호랑이가 고맙다고 절을 했다네

가장 아름다운 얼굴

가장 아름다운 꽃은
가시가 달린 장미가 아니라
아기를 업고 있는
호박꽃이다

가장 아름다운 얼굴은
계란형이 아니라
어떠한 경계에도
웃음을 잃지 않는
따뜻한 얼굴이다

당신이 그렇다

동병상련

노쇠한 애완견 한 마리
주인 따라
산책 나왔다

절뚝절뚝
힘겹게 걷는 모습
팔순이 넘은 것 같다
안쓰럽게 바라보다가
말을 걸었다
얼추 보아하니
내 나이와 비슷해 보이네요
젊은 부부
개를 품에 안고
다정하게 언덕길 올라간다

문득
자식들 생각이 났다

지하철 아가씨

지하철 승강장 입구에
밤낮 서 있는
개표구 아가씨
다리도 아프지 않은가 봐

오늘도
새벽부터 밤늦게까지
감염병 방역을 위해
지나가는 사람마다
'마스크를 착용하세요'라고
친절하게 안내를 해준다

하루에도 수만 번
수십만 번씩 말할 텐데
그 목소리
변함없이 너무 상냥하다

아!
정말 대단하네요
저절로 감탄사가
튀어나온다

웬만하면
우리 마누라 하고 싶네

계단

올라오고 내려가는 건
그 사람 선택이라지만
내 고통 누가 알랴

젊은이들이
쿵 쿵 뛰어내릴 때는
견딜만하여도

노약자들이
내 팔 붙잡고
앙금앙금
올라올 때는 괴롭다

더구나
저 아래 밑바닥 떨어져
더 이상

올라올 수 없는
민초들 슬픔
무능한 나는
어찌하지 못해
더없이 고통스럽다

나는 당신이 될 수 없을까

나는 정말
내가 아닌
당신이 될 수 없을까

길을 걷다가
가로수에 부딪히기도
튀어나온 보도블록에 걸려
넘어지기도 하겠지
김밥 한 줄
떡 한 개
팔아 달라고 애원하는
눈빛을 보내겠지

그냥 무심코 지나칠 때는
알지 못했던 당신의 고난을
잠깐 체험하는 것도
큰 용기와 위험을 각오해야 하는데
당신은

평생 동안 얼마나 많은
상처와 눈물 속으로
걸어가고 있을까
생각조차 어렵네

단 몇 시간이 아니라
단 몇 분이라도
당신으로 살 수 있다면
내 마음은
어떤 게 참 행복인가를
스스로 깨칠 수 있을 것인데
그게 정말 쉽지 않구나

나는
늘 '을'이라고 생각했는데
깨닫고 보니
'갑'이었구나
당신에게는

11월에 띄우는 엽서

낙엽 지는 11월이 오면
비록 주름진 손이지만
따뜻하게 잡아 주지 않겠소
봄 여름 가을 쉴새 없는
고단한 삶에 지쳐
초라한 몰골이 되었지만
따스하던 봄날에는
새순처럼 아기자기했다오
이제 12월이 오기 전에
아무도 없는 외딴 섬으로 떠나
참회의 눈물로 청결한 움을
틔우고 싶어요

우리 처음 만난 그날처럼
아무런 걸림 없는
초심으로 돌아가
당신과 단 둘이 떠나고 싶소
미련 없이 잘 가라

하늘하늘 손 흔드는
갈대숲 언덕을 넘어서
티 하나 없는 파아란 하늘처럼
청순했던 그 시절을
다시 만들고 싶소

둥지를 떠나간 자식들 생각일랑
이제는 접고
참으로 당신을 위하여
자투리로 남은 세월이라도
단 둘이서
오손도손 나누고 싶어요

마지막 한 해가
서산으로 지기 전에
붉은 단풍잎처럼
남은 정열을
황홀하게 태우고 싶소

숨 쉬는 고통

아픈 몸
경련을 일으키면
마음은
놀라 어쩔 줄 모르고
죽음의 공포로 아득해진다

너무 아파
이제
떠나려 하나
흔쾌히 보내지 못하나니
몸은 더 아프다고 보챈다

아, 이제야 알았네
몸이 아픈 게 아니라
집착하는 마음이 아픈 것을

미움도 사랑도
모든 관계도 놓아버리고

삶의 욕망까지
비워 버리면
고통도 공포도 사라지나니
그 무엇을 두려워하랴

불타는 집 버리고
이제 그만
자유롭게
훨훨 날아가야지

숲속에서

숲속 나무와 풀꽃 보기만 해도
그들과 함께 있다는 생각만 해도
서로 어울려 숲이 되고
한없이 기쁘고 즐겁다

내 것 네 것이라 다툴 일도
아무도 내 것이라 생각조차 하지 않는
모두가 무소유로 살아가는
진정한 자유인 되었네

이해득실 생각일랑 바람에 날려 버리고
싫어하는 것에도 좋아하는 것에서도
자유로운 마음으로
오직 일체중생에게 감사하는 마음으로
자연과 하나 되는 마음으로 살아가기를

청정한 빈손으로 왔으니

마땅히 빈손으로 돌아가야 함에도
집착하여 죄업을 들고 가는
어리석음에서 벗어나기를

바람소리 새소리 하나 되어
꽃잎 향기로 속삭이고
땅속 뿌리로 만나
마음에서 마음으로
더불어 행복하리라

가을 할머니

가을 길에서
수다스런 할머니들 만나
대화를 엿들었네
늙으니까 온몸이 다 아프다
나도 그래 안 아픈 데가 없어

입이 근질근질하여 한마디 거들었네

그래도 안 아픈 데가
한 군데는 있는 것 같군요

한 할머니가 고개를 뒤로 돌려
퉁명스럽게 대구하신다

없어요 안 아픈 데가
입은 안 아픈가 본데요

아니 입도 아파요
입이 아프면 아무 말씀도
못하실 텐데 잘하시네요

모두들 배를 잡고 깔깔 웃으신다
파란 가을 하늘 날으는 소녀 같다
뒤뚱뒤뚱 오리걸음도 잘하신다

비난의 화살

갈대는 가만히 서 있고자 하나
바람은 짓궂게 흔들어 대고

마음은 가만히 쉬고자 하나
번뇌 망상 구름 같구나

칭찬하는 소리 기쁘지 않고
비난의 화살 괴롭지 않으나

참뜻이 곡해되니
안타까울 뿐이다

무상한 세월에
그리움만 남을진데

허망한 장단에
춤추지 않으리

노부부

얼마나 오랜 세월 사랑했길래
눈빛도 얼굴도
가슴속까지 닮아졌을까

뒤돌아보니
행복한 날 많았지만
부딪치고 깎이고 닮아지느라
아파하고 흘린 눈물 많았으랴

울고 웃고 수 없이 맺은 인연
구름처럼 모두 떠나가고
처음으로 돌아왔구나

미운정 고운정 끊지 못해
손잡고 걸어가는 황혼길
더없이 아름다운
소꿉동무 되었네

아름다움도 슬픔도 모를 뿐

봄이 되면 가지가지 꽃이
색색이 빛깔로 다투지만
얼마나 아름다운지
얼마 동안 더 머물게 될는지
그 꽃 자신은
비바람에 떨어질 때까지
모를 것이다

아스팔트 갈라진 틈새에서
싹을 틔운 풀꽃은
넓은 땅 놔두고
왜 그렇게 고단하게 살아가야 하는지
시나브로 시들어 가면서도
모를 것이다

어린 아기를 보면
모두가 웃으며 사랑하는데
외롭게 늙어 갈수록

왜 서로가 소 닭 보듯 하게 되는지
알다 가도 모를 뿐이다

폐지 줍는 노파 얼굴에서
꿈 많던 소녀 모습 떠올리면
잔인한 세월에 눈물 나지만
왜 늙어지면
이토록 슬프게 되는지
모를 뿐이다

보고 듣고 냄새 맡고
느끼면서 살아가지만
보지도 듣지도 느끼지도 못하는
미세한 세계도
더 광대한 우주 세계도
나는 우물 안 개구리 되어
모를 뿐이다

엄마

엄마가
이 세상 떠나갔다고
슬퍼할 일은 아닌 게야
엄마도
당신 엄마를
이렇게 울면서 보냈으랴

이제
자식으로 살지 말고
당찬 엄마로
살아가야 한다고
내 곁을 떠난 게야

엄마가
이루지 못한 꿈
내가
시작하면 되지 않으랴

그렇게
나도
이 세상 엄가가 되는 게야

봄

당신을 기다리는 것은
아름다운 꽃을
보려는 것이 아닙니다

깨어진
민초들의 소박한 꿈이
다시 소생하기를
간절히 바라기 때문입니다

당신을 기다리는 것은
오실 때가 되었음을
믿는 까닭입니다
때가 되면
손님은 떠나야 하고
당신은 반드시 오게 되는
그 순리가

아직도 살아있음을
보고 싶어서입니다

하늘이 땅이 되고
땅이 하늘이 되는
뒤집힌 세상은
너무 슬픈 까닭입니다

코로나19가 오기 전에는

묵은 때 벗기려 목욕탕 가고 싶어도
장발이 된 머리털 자르러
이발소 가고 싶어도
가족들 눈치를 보게 될 줄 몰랐다

모처럼 친구들 만나 반갑다고
손 한번 잡고 흔드는 것
식당에서 밥 한 끼 같이 먹는 게
그렇게 어려운 일인지
네가 오기 전에는 몰랐다

복잡한 거리에서
사람들과 부대끼는 것
지하철에서 버스에서
낯선 사람들 틈에 앉아 있는 것이
이토록 두려운 일이 될지 몰랐다

사람들 많은 곳에서
공기를 마시는 게 불안해지고
그 빨간 입술들
이렇게 두려울 줄 몰랐다

병원에 입원한 친지들
문병할 수 없는 아픔을
마지막 길 떠나는 가족들
임종을 지켜주지 못한
애통함을 겪을 줄 몰랐다

마트에서 휴지를 사재기하고
총을 사려고 길게 줄 서 있는
선진국 사람들 형태를
대단한 일류 시민들 민낯을
네가 오기 전에는 볼 수 없었다

어느 책 속에
오랜 세월 잠자고 있던 가르침
중생이 아프면 부처도 아프다는 말씀
네가 아프면
나도 아프다는 관계로
슬프도록 체감하게 될 줄을

너 앞에서는
법당도 성당도
교회도
그 어떤 신전도
무능한 존재가 될 줄을

네가 오기 전에는
너무 몰랐다

눈물의 기도문

골고다 언덕에서
승천하신 님이시여
지금은 어디 계시오니이까

웅장한 교회 대성전에도
화려한 성도들 축가에도
님께서 오신 뜻을
찾을 수 없었습니다

전쟁과 폭력으로
가난한 민중들이 짓밟혀
난민으로 바다를 떠돌고
무고한 아이들이 피를 흘리며
굶주려 죽어 가는데도
님께서는
그 많은 제자들을
어디로 보내셨나이까

사탄의 무리들이
감히 님의 탈을 쓰고
민중들의 피를 빨아먹고 있음에도
그대로 두시는 님의 뜻을
저희들은 알 수가 없습니다

님께서는
이미 저희들을 버리시고
떠나신 것입니까
아니시면 세상을 구원하시는
능력이 사라지신 것입니까

더 이상 견딜 수 없는
헐벗은 우리 민중들이
앞장서서 십자가를 메고
님을 거짓으로 추앙하는 성전과
선지자의 탈을 쓰고

목자 행세를 하는
사탄의 무리들을
뒤집어 버려야 하겠습니다

그리하여
민중이 주인이 되는
참된 천국을
이 땅 여기에
하루속히 이루게 하소서

무궁화

당신은
한결같이
해마다 찾아와
들어라
소리치고

보라고
고운 빛깔 내보이고
받아 챙기라고
붉은 기운
내 뿜고 있어도

나는
바보처럼
듣지도
보지도
느끼지도

못하나니

그 언제
님의 정기
온전히 챙겨
팔도강산에
고운 꿈 피우랴

태극기

찢어진 태극기
슬퍼하는 듯
광복절 온종일
비가 내린다

노 아베
외치는
태극기가 있고

아베 수상님
죄송합니다
머리 조아리는
태극기도 있다

나는
어떤 태극기일까

왜구에게 끌려가
성노예로 학대당한
소녀 할머니에게

눈물 젖은
태극기가 되고 싶다

지팡이

그분은
힘이 세고 고마운 분이다
아픈 허리와 다리를 받쳐 주어
편하게 걷도록 도와준다

권위도 있다
그분을 모시고 지하철 타면
나 보다
나이가 많은 어르신들도
벌떡 벌떡 일어나
자리를 양보해 준다
덕분에 다소 어색하지만
나도 큰 어르신이 된다

또 싸움도 잘 하신다
그분을 모시고 산책하면
맹견들도 슬슬 눈치 보며

꼬리 내려 피하나니
한결 든든하다

그러나
꼴불견이 벌어지기도 한다
한 소식도 못한 일부 승려들이
감히 그분을 모시고
법좌에 앉아 대중들을 상대로
흰소리하는 것을 보면
몹시 민망하다

운명의 시간

길거리에서
우연히 만났지만
첫눈에 알았네

자석처럼
끌리는 기운을
우리는 어쩔 수 없었지

꼬박 밤을 새워도
알 수 없었고
잡히지 않았던
간절한 그리움이 무엇이었는지
이제야 알 수 있었네

운명이 또 우리를 갈라지게
할 것 같은 두려움에
우리는 가슴을 맞대고

서로의 심장이 뛰는
박동을 듣나니

지난 세월 우리 곁을
스쳐간 그 소리를
기억해 내고는 놀라곤 하였네

자, 이제는
너와 나
손잡고 가야 할
운명의 시간이 온 게야

흔들흔들 나는 누구인가

비틀거리며 흔들흔들 걷는다
팔다리가 흔들리고
머리도 흔들린다
똑바로 가려 해도 되지 않아
빙글빙글 돌아가는 세상살이
싫어도 더러워도 겪어야 하고
굽은 길도 가야 한다
구토가 올라와도 참아야 한다
미치지 못해
미쳐버리는 삶이 되었는가
속이고 속아주는
거짓과 위선이 판치는 세상
아는 체 모르는 척
체로 살다가 척으로 끝나야 하나
구토를 하다 분노를 삼키는
꼬불꼬불 골목길
기울어진 담벼락이 묻는다

오물을 토하는 짐승
너는 누구냐

떡국

떡국 한 그릇 먹으면
나이 한 살
더 먹는다고 했다

나는
얼른 어른이
되고 싶었다

엄마 몰래
자꾸 퍼먹고
어느새 어른이 되었다

이제는
더 늙는 게 싫어졌다
어른도 싫다

그동안

먹은 떡국
모두 게워내고 싶다

사랑한다는 말

구태여
말하지 않아도 알 수 있다
혼이 담긴 눈빛으로

모든 것 다 준다 하여도
혼이 담기지 않으면
한순간 달라지는
거래에 불과하나니

말하지 않아도 느낄 수 있다
당신이
내가
무엇을 하든
변함없는 따뜻한 눈빛으로

내가
당신이

누구에게
어떤 언행을 하든
흔들리지 않는 눈빛이라면
말하지 않아도 알게 될지니

소유의 욕망을 넘어
존재하는 그 자체로
감사한다면
굳이 말할 필요가 없으리라

냄새를 뿌리는 남자

그의 몸에는
고린내도 아니고
시큼한 것도 아닌
삶이 굽이굽이 굴러온
고단한 냄새가 난다

듬성듬성한 머리털에도
멀리 날아가지 못하는
오줌발에 젖은 바지에도
사람들이 고개 돌리는
고약한 냄새가 난다

그는 후각 세포가
시나브로 깊이 병들어
자기 몸은 물론이요
여인들 향수 냄새도 맡지 못한다

왜 사람들이
코를 움켜쥐고
서둘러 피하는 이유를
아직도 알지 못한다

연륜이 쌓일수록
역한 냄새가
더 심해져도 깨닫지 못한 채
냄새를 뿌리면서
관속으로 들어갈 것이다

빈 의자

말과 글이 넘쳐흘러
소음 가득한 세상에서
그대는
늘 말이 없고
글자도 없어 편안하다

가슴 찌르는
비수 같은 언어에
견딜 수 없을 때

왜곡하는 글과
모함하는 말을
피하고 싶을 때
그대를 찾는다

비방하고 모함하면서
얻고자 하는 것이

무엇일까 알고 싶고
그들이 싫어지고
삶이 힘들고 괴로울 때

그리하여
몸이 흔들흔들
다리가 휘청거릴 때

그대에게
의탁하고 싶다

비록 위로하는 말과 글은
들을 수 없고 볼 수 없어도
그대는
변함없는 정성으로
나를 받아 주지 않는가

밤이 되면
저 먼 하늘에서
말을 걸어오는 별들과
옛이야기를 나누며
삶의 의미를
다시 찾아보고 싶다

그대와 나
이 밤을
함께 할 수 있어
슬프지도
외롭지도 않다

제2부

산골 마을에 폭설이 내려
식량도 떨어져 소년은 병이 났는데
어미 호랑이 그 사실을 알고
먹을 것과 산약초 공양 올리니
그걸 먹고 원기를 회복하여
석달열흘 정진하여 깨달음 얻었다네

오, 광주여

피눈물 뿌리시며 떠나시던
그날
푸른 하늘은
온통 잿빛으로 변했습니다

차마 말로 전할 수 없었던 사연들
주구들의 시선 때문에
참아야 했던 쓰라린 눈물을

짐승들이 앞뒤에서
쏘아대고 휘두르는 총칼에
좌절과 분노를
곱씹어 삼켜야 했던 그날의
한 서린 말들
쏟아내고 싶습니다

벌써 40년이라는

긴 세월 흘러갔지만
님을 보내 드리지 못하고
이름조차
제대로 지어 드리지 못했습니다

님의 심장에 총을 쏘아대고
폭도로 몰아 짓이겨 죽인 것
시신조차 찾지 못하게 암매장한 것
누구 짓인가요
이토록 참혹한 명령
누가 내렸나요

이제는
말하지 않아도 알아요

일제의 개가 되어
독립군을 물어뜯고

고문하여 죽였던
사악한 주구들의 후예들

남쪽 빛고을에 내려와
폭도로 몰아 학살했다는 것을
이제라도
대를 이어 내려오는
사악한 짐승 토착왜구들

가면을 벗겨 버리고
땅을 치며 통곡하면서
그 짐승들 짓밟고 싶습니다

아직도 세상 곳곳에서
똬리를 틀고 있는
그 더러운 짐승들의 검열과
억압을 깨뜨리고

가슴 켜켜이 쌓인
분노와 비애를 풀어헤치고
마음껏 소리쳐
통한을 풀고 싶습니다

머지않아
어둠 이기고 다시 일어서면
님께서 꿈꾸시던
대동 세상의 빛
영원히 찬란하오리다

슬픈 세상

잎새가 나온다고
꽃이 핀다고
봄이 온 게 아니다

죽음의 공포로
몸과 마음이 떨린다

코로나바이러스 한 방에
교회와 성당도
법당도 쓰러지고

두려운 눈길에
자비와
사랑도 사라졌네

국경 없는 바이러스에
무너지는 지구촌이라면

달나라 여행 간다
자랑하지 말아야제

나는 알지 못한다

현충원 병사들
무덤을 볼 때마다
물어보지만
나는 답을 얻지 못한다

누구를 위해서
무엇을 위하여
젊은 생명을 바쳐야 하는
큰 희생이 필요했는지

죽는 순간에
진정으로 나라를 위하여
목숨을 기꺼이 바쳤다고
영광으로 생각했을까

동족 형제끼리 총구를 겨누는
고통으로 눈물을

흘리지나 않았을까

고향에 계신 부모 형제 생각에
사랑하는 이웃집 순이 생각에
눈물을 흘리지 않았는지
나는 알지 못한다

매국노 친일파들이
잠든 이곳에서
함께 지내야 하는 치욕에
분노의 눈물을
흘리고 있지 않는지

토착왜구들이 주름잡고 있는
나라를 위해
목숨까지 바쳐야 했나
후회하고 있지나 않는지

나는 알지 못한다

그 당시로 시간 여행을 할 수 있다면
또다시 물구나무선 나라를 위해
토착왜구 기득권층
지켜주기 위하여
목숨을 바칠 수 있을지

아니면
총구를 거꾸로
향하지나 않겠는지
나는 알지 못한다

분노

창문 틈새로
바람이 들어와
그에게 말을 걸었다
밖으로 나와 보라고

거리에는 표정 없는
마스크가 둥둥 떠다니고 있었다
갑자기 무슨 소리가 들렸다
하늘에서 나는 소린가
귀를 세웠더니
땅에서 나는 소리였다

길바닥을 울리는
우리들은
미세먼지가 아니라고
호소하는 소리

땅바닥 먼지를
마시고 살지만
바이러스는 아니라고
울부짖는 소리에

그의 가슴이
덜컥 바닥에 떨어져
엉금엉금 기어갔다

마스크 없는 그들과
함께하는 여행을
되돌아올 수 없는
여행이라도 가고 싶어졌다

왜 세상은
하늘과 땅과 층층 계단으로
나눠져 있는지

하늘도 계단도 부숴버리고
평평한 땅으로
만들고 싶어 했다

매 순간 마셔야 하는
공기조차
공평하지 않는 세상이 싫어
그는 마침내
계단이 없는 곳으로
긴 여행을 떠나야 했다

초대장이 오기까지는

초대장이 오기까지는
깨닫지 못해
늘 외로워했다

이다지도
복 많은 사람이란 것을
일체만물이
사랑해 주고 있었음을

하늘의 해와 구름들
밤이 되면
옛 얘기 들려주는 둥근 달
저 멀리 별들에게도
한없는 사랑을 받았네

길을 나서면
먼지 덮어쓴 가로수
시들어가는 꽃들도
축복해 주고 있다는 것을

자동차에 치여 날지 못해
절뚝거리는 비둘기
쫓겨 다니는 참새도
한결같이 반겨 주었네

사랑하는 님이여
마지막 초대장이 오는 날
세상의 하 많은 존재와
이별하는 날

분노도
두려움도 사라지고
차별 없는 사랑을 하지 못한
회한의 눈물 속에서

그래도
따뜻한 눈길은 남아
모든 게
그리울 뿐이라오

철야 염불 삼천배

십년 묵은 허리 통증
칼끝 아리고
무릎 관절 살려 달라 삐걱댄다
후들후들 떨리는 몸통 찍어 누른다

앙다문 입술
치켜 올린 눈앞에
단식으로 말라가는
유민이 아빠 모습
가슴 아프다

울컥 떨어져
주르르 내리는 눈물비
앞을 가린다
무엇이 이토록
비통한 눈물 흐르게 하는가

귀를 울린다
검은 바닷속 세월호
혼령들
울부짖는 소리

살려 달라 애원하는 우리들
왜 죽였나요
이토록 고통스런
죽을 죄를 지었나요
왜 우리들 부모님까지
돌아가시게 하나요

성난 파도
가슴 할퀸다
그들에게
용서를 구할 수 있다면
비루한 삶 내던지고 싶다

북악에 숨어 있는
푸른 마구니 사라지기를
법우님들 간절한 염불소리
세상 울린다

가녀린 가슴마다
흘러내리는 피눈물
탐욕 씻어 내어
밝은 세상 바라는
간절한 서원

광화문 광장 깊은 밤
아미타 염불 소리
온 세상 가득 하나니

진실의 촛불이

온 누리 밝힐 때까지
우리 함께 통곡하고
가만히 있지 않으리라

코로나19의 세상

그대가 나타난 이후
세상은
어제와는 단절되었고
먼 곳으로
봄날은 날아갔다

죽음이 덮친 공포로
나무를 나무로
꽃을 꽃으로
보지도 생각하지도 못한다

사랑의 실체는 텅 비어져
욕망의 배설구로
기도는 주검으로
믿음은 거짓이 되었다

첨단 무기는 잠이 들었고
총포는 고철이 되었다

하늘도 땅도
입을 다물고
마스크가 돌아다닌다

사람들은 사람들을
기피하고
공기의 공유를 두려워한다

사람들이 병원으로
화장터로 실려 나가도
나는 어디쯤 서 있을까
아직도 깨닫지 못한다

그대가
떠나는 그날이 오면
빼앗긴 봄날은
뒤집힌 세상으로
다시 만나리

죽은 시간들

누가 서러워
빗물은 밤새워 흘러내리나
동굴 속 흐느끼는
바이러스 박쥐들
피눈물인가

요양원에서
화장장에서 구르는 소리
그리운 자식들
보지 못하고 떠나는
애끓는 사연들

밤낮으로
시신 태우는 불길 속
구천을 떠도는 망자들
슬퍼하는 소리
살아남는 자 누구이고
왜 우리는

황망히 떠나야 하나

숨어 있는
화장장 굴뚝은
역겨운 매연을 내뿜고
수백만 명 죽어 나가도
무표정한 세상

계절은 죽었고
흐르는 세월도
사람들 가슴도
죽어 나갔다

이제부터
무엇을 해야 하나
코로나19 유골들
살아남은 사람들에게
묻고 있다

흘러간 정이란

오랫동안
같이 울고 웃던
때 묻은 친구

어느 날
갑자기 반댓길로
돌아섰다고
미워하지 못하네

나에게도
돌아서게 한
잘못이 있겠지

다시 예전처럼
사랑할 수 없어도

누가 흰지 검은지

지금은 알 수 없어도

우리의 믿음이
가을바람 흩날리는
낙엽이 되었어도

그대 생각
단박에 지워지지 않나니

이별의 정이란
안타까운 것
그리운 추억 같은 것

미워할 수 없는
연민 같은 것

잔인한 코로나19

사람과 사람의 만남이
참 소중하다는 것을
사무치게 하였네

잿빛 세상에 갇혀
가까운 관계일수록
그리워할수록
더 멀리해야 하는
아픔을 주었지

그리움이 고통으로
더없이 순수한 사랑으로
발효된다는 것을

모든 관계는
인욕과 숙성이
필요하다는 것을

몸은 멀리 떨어져 있어도
마음만은 더 가까워져야 한다는 것을

아, 그리운 그 세상
다시는 돌아갈 수 없다는 것을

잔인한 그대
일깨워 주었네

달팽이의 여행

너무 빨리 왔구나
벌써 지구 끝자락 보이네

도반들 하나 보이질 않고
허둥거리다
풀잎 아래로 떨어졌다

천천히 더 천천히
닦아가려 했는데
오염된 몸으로
종점 가까이 왔구나

그제서야 깨달았네
더 늦은 것도
더 빠른 것도
없다는 것을

지나온 길
아침 이슬처럼 사라져
되돌아갈 수도 없다

마지막 종점에 가지 않으려
아등바등 땅바닥 잡고 있다

허나 어찌하랴
땅은 나를 품고
빙글빙글 돌고 돌아
눈 감고 가야만 했다

아는 게 병

듣는 것은 많아도
들리는 것은 없고

보는 것은 많은데
보이는 것은 없다

아는 것은 많지만
알아차림은 없나니

이를 어찌할꼬

마지막 선물

시간이 밀어주는 건
몸인 것 같아요
작은 몸을
더 자라 풍만하게

또 계속 밀어
노쇠하게 만들고

이제는
다시 돌아가 편히 쉬라고
떠밀고 있어요
마음은 그대로 있는데

시간이 흐르는 건
그리움 같아요
좋아하던 관계도
싫어하던 사람도

그리움만 남았어요

시간은 또
후회인 것 같아요
기쁨도 슬픔도
사라지고
회한이 남았네요

그래도
시간은 선물인 것 같아요

모든 인연에
감사할 기회를

삶에 감사가
죽음의 감사로 이어지는

처음이자
마지막 선물을 주고
떠나갔어요

깊은 감사와
안식의 기회를

왜 길을 묻는가

길을 가면서
왜 길을 묻는가

가기 때문에
묻는 것이다

가지 않고
머물러 있다면
길이 필요하지 않고

물을 이유도 없다

길은
늘 새롭기 때문에
물어야 한다

코로나19의 메시지

그들은
살아남은 사람들에게
죽음의 공포로
주검으로
다음을 기약하는
메시지를 주고 있다

사람들은 잘난 체하지만
깨끗하지 않고
아름답지도
강건하지도 않다는 것을

눈으로 보이지 않고
냄새도
소리도 없지만
흉하고 징그러운 존재들과
한 몸으로 살고 있다는 것을

답답한 마스크 없이도
청정한 공기를 마실 수 있다면
속 시원한 기쁨이라는 것
친구들 만나 밥 한 끼 같이 먹을 수 있고
차 한잔할 수 있는 여유가
호사스런 즐거움이라는 것
가족과 함께 가까운 곳이라도 나들이할 수 있는
소소한 일상이 너무 소중하고
참 행복이라는 것을

전쟁과 살상
폭력과 배척으로는
아무것도 이룰 수 없다는 것을
평화와 협력과 연대가
더 중요하다는 것을

우주여행보다는

지구 생명체를 살리는 것이
더 시급하다는 것을
일깨워 주고 있다

사람이거나
작은 미생물이거나
모든 생명체의 삶의 무게는
모두가 똑같다는 것을
죽음 앞에서는
그 누구나 평등하다는 것을

사람들이 오랫동안 저질러 놓은
자연환경 훼손의 보복이
시작되었다는 것을
자기들의 생존을 위해서
더 이상은 참을 수 없다는 것을
주검으로 선언하고 있다

또 이것은 끝이 아니라
시작에 불과하다는 것을
머지않아
자기들보다 더 힘센 동료가
불시에 점검하려
오게 된다는 것을

욕심을 줄여 더불어 잘 살 것이냐
탐욕 속에서 함께 죽을 것이냐
어느 길로 갈 것인가
늦기 전에 선택하라고
마지막 메시지를 던지고 있다

눈물

눈물 없이
살아가는
인생이
어디 있으랴

눈물조차
말라버린 세상은
공간이 사라진
짐승들 세상이라

남의 눈물이
나의 눈물이 될 때
살아 있는
사람이 되리니

눈물 먹고 자라는
인생이 되어야
기쁨도
자라는 것이야

당한 뒤에야

밤낮없이 계속 찔러대는
격렬한 종아리 통증
당한 뒤에야
다리의 소중함
뼈저리게 체득하였네

심신 장애로 허덕이는 고통
환부를 도려내는
환우들 고통
조금은 체감하였네

바삐 왔던 길 뒤돌아보니
허무하다는 생각
걸음 멈추고
슬픈 가슴 달래곤 했다

조용히 앉은 뒤에야

스쳐가는 인연들
애틋한 사연
느낄 수 있었네

가만히 누운 뒤에야
보이지 않는 것들
소리 없는 소리들
흘러가고 있음을 보았다

바람 한 점 없는
고요한 외로움에도
즐거움은 가슴 속
잠자고 있었다

겪어 보지 못해
곧 들이닥칠 운명
아직도

깨닫지 못해 부끄럽네

죽음의 두려움과 슬픔
알 수 없는
언덕 너머 경계

눈물 삼키고
무거운 욕망 내려놓으면
삶과 죽음의 경계
가뿐히 넘을 수 있으리

죽음을 생각하자

이른 아침 일어나
하루를 시작하기 전에
오늘은 무엇을 할 것인가
결정하기 전에
먼저 죽음을 생각하자
좀 더 진지해질 것이고
탐욕과 갈등을 줄이게 될 것이다

다른 사람 만나기 전에
전화하거나
받기 전에
죽음을 생각하자
좀 더 너그러워지고
진실하고 따뜻한
대화를 하게 될 것이다
그리하여
아름다운 관계로

성숙해질 것이다

더 많은 돈이 필요하다는
욕심이 일어난다면
죽음을 생각하자
더 많이 남에게
베풀게 될 것이다
그리하여
모두에게 감사와 기쁨과
만족을 줄 것이다

더 오래 살고 싶을 때
죽음을 생각하자
그것은
무한한 삶의 욕망이 초래하는
결코 바라지 않는
사랑하는 사람들의

희생과 고통을 줄이게 될 것이다

너무 슬퍼하지 말고
죽음을
통과 의례로 받아들이자
언젠가는
누구나 거쳐야 하는
그것은
주어진 삶의 임무를 마치고
다시 고향으로 돌아가는

두려움과 고통이 없는
영원한 안식과
평화를 누리게 될 것이다

왜 이렇게 되었나요

바쁘게 집을 나서는 출근길
아침밥 굶어도
물 한 잔 마실 시간 없어도
마스크는 꼭 챙겨야 한다

반가운 택배 왔다고 해도
얼굴 코빼기 내밀지 못하고
그냥 놔두고 가시라
말할 수밖에 없다

어린 아이들은
무더운 날씨에도
답답한 마스크
왜 착용해야 하는지
알지 못한다

식탁 밥그릇 앞에서

카페 커피잔 앞에서
옷은 벗어도
마스크는 써야 하는
갑갑한 세상

이른 아침
일어나기 바쁘게
저녁마다 잠들기 전에
코로나19 현황 소식 살펴보지만
좀처럼 수그러들지 않는 현실

무엇이 잘못되었는지
언제까지 두려움 속에서
그들과 씨름해야 하는지
얼마나 많은 사람들
죽어 나가야 하는지
예측하기 어려운 현실에

절망감을 느낀다

오!
청명한 가을 하늘
또 왔는데
다시는 그리운 그날로
돌아갈 수 없는
미치지 못해
미칠 것 같은 고통
숨을 멈추게 한다

띄우지 못한 편지

그리움에도
나이테가 있는 것 같습니다

나이 많은 나무가
많은 잎새를 떨어뜨려
낙엽이 수북이 쌓이듯

사람이 나이를 먹는다는 것은
그만큼
그리운 추억이
차곡차곡 쌓이는 것 같습니다

첫눈이 오던 어느 날
두 손 벌려 받아들이던
추억을
비가 내리면
우산을 함께 쓰고 가던

그리움을
스쳐가는 바람결에
전하고 싶습니다

순진무구한 사랑은
아무런 응답도
바라지 않아야 하겠지만
내가 당신을
늘 그리워하듯

당신은 나를
조금이라도
생각이나 하시는지
가끔 궁금할 때도 있는 것은
어쩌지 못하는
중생심이겠지요

그럼에도
오늘도 당신의 안녕을
바라는 마음
가을바람에 실어서
보내 드리고 싶습니다

코로나19에
잘 견뎌 주시길……

갔다 올게

사랑하는 가족에게
말 한마디 남기고
그는
날아갔다

이미 봄날은 갔고
여름도 지나가고
가을이 왔는데
갔다 하면 올 수 없는
먼 곳으로

마지막 목소리
아직도 쟁쟁한데
발걸음 소리
들리지 않아

그 길 위에
수많은 마스크

떠다니던 날

살려 달라
아우성쳤지만
따뜻한 손은 없었다

고층 건물 작업장
떨어지는
낙석이 되고 말았다

아무도
안전 난간
되어 주지 않는
무표정한 세상

기다리는 가족들 보고파
붉어진 눈 뜨고 있다

담쟁이 전시회

이른 봄
시작하여
뜨거운 여름
쉼 없이 만들었네

오가는 관객들
눈길 한번 없어도
벽화를
정성껏 마무리하고 있다

해가 짧아진 늦가을
안간힘 다하여
겨울 전시회 준비한다

가파른 절벽에 서서
푸르면 푸른색으로
붉게 타면 붉은 빛깔로

한 줄기 한 잎마다
한 몸으로 새기는
치열한 장인 정신

절벽을 만나
손에 손잡고 절망을 넘어
다 함께 희망을 일구는
아름다운 대동세상으로

그들을
보라

암담한
코로나19 세상 극복하는
한 줄기
희망이 아니더냐

눈물을 흘리는 까닭은

눈물을 흘리는 까닭은
터질 듯 아픈 가슴
차마 터트릴 수 없기 때문이다

세상 밑바닥에 떨어져
신음하는 사람들 보면서
죄업이 수미산 같기 때문이다

낙엽도 쓸려간 길을 가면서
삭막한 세상 바람에
온몸이 떨리기 때문이다

서로를 할퀴는
끝없는 고통에
마음이 갈기갈기
찢어지기 때문이다

가난이 가난을 낳고
증오가 증오를 부르는
세상이 너무 슬픈 까닭이다

닦아도 닦아도
그치지 않는 것은
가슴 눈물 닦아 줄
따뜻한 손수건
한 장 없는 까닭이다

온전한 사랑

태초에
우리들 생명 온전하지 않아
그대와 나
만날 수밖에 없는
필연이었나

밤하늘 별처럼
멀리 떨어져 있어도
알게 되었지
시간과 공간을 넘어
간절한 기운이
서로 감싸고 있다는 것을

맑은 영혼으로 알았네
서로의 결핍을 채워주는
넓은 가슴과 따뜻한 손길
필요하다는 것을

넘치는 곳은 덜어내고
부족한 곳은 채워주는
평등하고 차별 없는 사랑을
그리워한다는 것을

그대와 나
소유의 욕망을 넘어
밤이나 낮이나
한결같은 영혼의 빛으로
사랑하고 있네

지금은

화려한 낙엽을 밟으며
걸을 수 있는
지금은
그 얼마나
아름다운 발걸음입니까

무수한 별들이
말을 걸어오는
지금은
그 얼마나 즐거운 밤입니까

코로나19 창궐로
마스크를 쓰고 있지만
눈으로 볼 수 있고
귀로 들을 수 있는
지금은
그 얼마나 다행한 일입니까

자주 만날 수 없어도
서로의 건강을 염려해 주고
행복을 빌어 주는
도반들과 함께 살고 있는
지금은
그 얼마나 행복한 삶입니까

나팔꽃

만나서 기쁘지만
이내 시들어가고

바람결에도
쉬이 떨어지는 슬픈 운명

시린 밤 견디고
이른 아침 깨어나

들리지 않는 연가
애써 부르다

하나둘 떨어지는
덧없는 인연

손에 들고 있는
알람이 운다

❊❊ 제3부

어미 호랑이는 과거생에

소년이 읽는 경전 소리 듣고

화나 욕망이 없어져

깨끗해진 마음으로 동물을 사랑하더니

공양한 공덕으로 인간으로 환생하여

'호명'이라 불렸다네

대화

나는 알고 있다
당신의 아픔을
산 넘고 강을 건너
거친 황야를
쉬지 못하고 달려왔다는 것을

한때는
생존을 위해 가야 했던
피비린내 나는
바다 건너 전장에서
용케도 살아남아
돌아오는 것을 지켜보았다

이념과 사상의 굴레에 막힌
칠흑 같은 터널을
빠져나왔다는 것을
아직도

썩어빠진 적폐의 유산을
붙잡고 있는 존재들에 대한
분노와 연민에서
괴로워하는 것도 잘 알고 있다

멀리서 보라
세상은 뒤로 갈 때도 있지만
조금씩 조금씩
앞으로 나아가고 있지 않는가

이제는
당신의 소망을
놓아 줄 때가 되었음을
육신이 보내는 신호를
느끼지 않는가

지친 당신에게

손을 내민다
가슴으로 돌아와
쉬어 가자고

봄이 오는 듯 떠나가고
여름이 왔다 가더니
다시 가을이 오고
세월도 세상만물도
여여하지 않는가

지금은
마지막 겨울을
준비해야 하리니

거울아
거울아
쉬어 가자꾸나

바보처럼

똑소리 나는 사람들
너무 많아
소음이
세상에 차고 넘친다

가끔은
바보처럼 살아 볼 일이다

눈 오는 날
비 오는 날
우산도 없이 걸어 볼 일이다

누가 흉을 보더라도
부끄럽고 창피하더라도
잠을 자다가
이불에 지도를
한 번쯤은 그려 볼 일이다

장미꽃이
예쁘다는 세상
호박꽃을
진정 사랑해 볼 일이다

잘난 것 이쁜 것이
좋다고 하지만
못난 것이
더 아름다울 때도 있다

밥 한 끼
제대로 먹기 힘들고
병으로
곧 죽어가면서도
세상의 짐을
다 지고 가려는
바보도 있어야 한다

세상이 달라질 수 있다는
희망조차 없다면
너무 비참한 삶인 것이다

그런 까닭에
우직한 바보들이
더욱 그리운 세상이다

길동무

사람 붐비던 길
벌거벗은 나무와
흰 눈이
차지하고 있다

코로나19에 놀란
머리카락
모두 어디에
꼭꼭 숨었나요

도반이여
밖으로 나와
함께 갈 수 없나요

첫눈 내리는 외로움
가슴 떠밀려
뒤로 걷는다

따라오는
발자국
길동무 되었네

함께 살다

바로 옆에 있으나
멀리 떨어져 있으나
지하에 있으나
지상에 있으나

그 어디에도
한결같은
따뜻한 기운을 느낀다면
당신과 나
언제나 같이 사는 것이다

나와 당신
옆에 붙어 있어도
기가 통하지 못하면
외로운 것이다

당신이 내 가슴에
내가 당신 가슴에
머무는 시간이 같지 않다면

우리는
어긋나는 삶을
제각각 사는 것이다

같이 있다고
같이 있는 것이 아니고
떨어져 있다고
떨어져 있는 게 아니다

진실로
사랑하는 사람이라면
옆에 있으나
멀리 있으나
늘
그 자리에 있는 법이다

당신과 나
그렇지 아니한가

자비의 길

환희가 넘쳐
가슴이 들뜨다
너무 기뻐
눈물이 나는 곳

갈등과 증오
미움과 사랑
이 모든 걸 넘어서는
그 길은
생각이 미칠 수 없고
언어로 나타낼 수 없는
우리 모두 손잡고
가고 싶은 아름다운 길

그 힘은
무한히 강대하나
한없이 부드러워
은인도 없고

원수도 없는
세상의 모든 걸 포용하는
궁극적으로
우리들이 가야 할
평화의 길

바다 보다
더 넓고
더 깊어
가늠할 수도
우주에서
무한대로 펼쳐 놓아도
그 끝을 알 수 없는

님께서
가시는 그 길
일체중생의 고향이리라

바른 도반의 길

번민하지 마소서
많은 사람 다니는
큰길도 있고
은밀한 지름길도 많지만
진실로 가야 할 곳이라면
아무도 가지 않는 황야라도
그 무엇을 두려워 하오리

설령 가다가 쓰러져도
정녕 그 길이
올바른 것이라면
뒤따라 오는 사람
분명 있을 거예요
우리가 살고 있는
시대정신 따라
길은 늘 새로워져야 하오리다

황홀한 유혹에도
쏟아지는 비난에도
흔들리지 않고
영원히 살아 있는 길은
부디 함께 가소서

중생을 한없이 사랑하사
진리의 길 열어 주신
위대한 부처님
사모하면서

마스크가 하는 말

쓰잘머리 없는 말
너무 많이 하고 있나 보다
비방하고 헐뜯는
시끄러운 소리
고만해라 말한다

너무 많은 먼지와
바이러스를 만들고 있나 보다
그 많은
미세먼지와 바이러스를
막아 내느라
괴로워 죽겠다고 한다

고기를 너무 많이
먹고 있나 보다
들리지 않는가
울부짖는 동물들

분노의 소리
인과응보 두렵지 않나
이제는
좀 적게 먹어라 말한다

자연을
너무 많이 파괴했나 보다
들어보라
지구 엄마 신음소리를
수많은 생명체
죽어가는 소리를

머지않아
사람도 살지 못하리라
늦기 전에 탐욕 줄이고
자연과 더불어 살아라
숨을 헐떡이며 호소한다

사랑을 할 줄 아는 사람

이른 아침 눈을 떠
정성을 다하여
두 손
가슴에 모을 수 있다면
사랑을 할 수 있는 사람이다

식탁 앞에 앉아
생각나는 사람 있다면
태풍으로 가로수 쓰러질 때
매서운 한파
가슴을 파고들 때
생각나는 사람 있다면
사랑을 하고 있는 것이다

슬픔과 고통을
함께 할 수 있다면
진정으로 공감할 수 있다면

소유의 욕망을 넘어
다른 하나의 존재를
존재하는 그대로
감사할 수 있다면

그는 사랑을
할 줄 아는 사람이다

고목의 사랑

차가운 겨울바람에
굳이 옷을 벗는 것은
한평생 묵혀 온
썩은 때를
버리고 싶은 까닭입니다

새들이 쪼아 댄 상처
벌레와 매미들이
피를 빨아 먹은 구멍
매연과 미세먼지 가득한 옷을
벗어 버리고 새 옷으로
갈아입고 싶습니다

새봄이 오면
새 옷으로 단장하고
다시 돌아와
더 많은 손님들

변함없이 기쁘게
맞을 것입니다

몸뚱이가 썩어 가루가 되고
뿌리가 흙이 될 때까지
아낌없이 모든 걸
바치고 싶어서입니다

이 땅에서 살아오는 동안
땅과 하늘과
바람과 구름에게서
받아 온 가없는 은혜

남김없이
돌려 드리고
싶기 때문입니다

나의 시 당신에게

당신을 생각하는
지금은
찬바람 몰아치는
겨울밤이지만
감미로운 꽃향기가
코끝을 스칩니다

코로나19가 앗아간
봄이지만
만나지 못하고 보내버린
슬픈 시간 속에서
진달래 활짝 핀
오솔길 거니는 생각에
당신의 따뜻한 체온을 느낍니다

봄 여름 가을 겨울
한 해를 맥없이 보냈지만
당신과 함께했던

더 많은 세월이
아름다운 그림자 되어
나를 지켜주고 있습니다

당신을 그리워하는 마음
진솔한 글로 나타나
내 애송하는 시로
꽃 피었습니다
아무도 보아 주지 않아도
당신은 웃으시며
사랑해 주시겠지요

세월이 흘러갈수록
그리움이 더 깊어지는 것은
당신은
내 가슴속에서 자라는
더없는 아름다운 시요
영원한 사랑인 까닭입니다

있을 때 잘해

만나고 싶다
살아 있을 때
장례식장에서 만나는 게
무슨 의미가 있겠노

움직일 수 있을 때
행하고 싶다
몸이 말 듣지 않으면
너무 괴롭지 않으랴

연락이라도 하고 싶다
생명줄 끊어지면
때는 이미 늦으리

말할 수 있을 때
실컷 욕이라도 하고 싶다
욕도 못 하고 떠난다면

너무 억울하지 않는가

지금
이 자리에서
대 자유인 되고 싶다
삶이 끝나면
어찌할 수 있으랴

수행의 길

살아 있는 동안
삶을 직시하라
진리의 길로
들어설 것이다

걱정하기 전에
행동하라
불안이 사라질 것이다

올바른 일에는
용기를 가져라
후회하지 않을 것이다

기회가 오면
도전하라
좋은 경험을 할 것이다

일체중생의 삶에
관심을 가져라
탐욕에서
벗어날 것이다

종이 상자

내가 제조 공장에서
세상에 처음 나오던 날
힘이 넘치고
햇빛도 찬란했다

시골 농부들
도와줄 수 있다는 기쁨
힘들게 생산한 농산물들
도시로 보내어
사람들 생활에 도움을

사랑하는 아이들에게
달콤한 과자 선물을
허기진 노동자들에게는
라면을 보내 줄 수 있다는
기쁨에 겨워 일했다

코로나19 공격에
힘들어하는 사람들에게
온갖 생활용품들
가득 채워 보내게 되어
비록 몸은 고달퍼도
보람을 느꼈다

이제 돌고 돌아
너들 너들해진 몸이 되었지만
서울역 지하에서
노숙인들
잠자리 만들어 주고
이불이 되어 주고 있다

이윽고
나의 삶이 끝나는 날
자연으로 돌아가지만

세상 사람들에게
사랑의 흔적이라도 남겼나니
후회하지 않는다

마지막 가는 길이
가슴 시린
밑바닥 사람들에게
내 마음 전하고 싶다

고단한 삶에 힘들더라도
참고 견디면
따뜻한 봄날은
기필코 오리니
희망만은 잃지 말기를

그림자

그대 있어야
빛이 있어야
나는
존재할 수 있다

그대 없다면
빛이 사라진다면
존재할 수 없다

내가 보고 싶다면
그대여
밝은 빛을 사랑하라

어둠은
나를
드러낼 수 없으니

기다림

기다림은
가슴 설레는 희망이다
봄을 기다리는 것
꽃이 피기를 기다리는
마음은 기쁜 것이다

지루하다고
시간이 아깝다고
초침을 탓하지 말라
기다림이 끝나 버린다면
또 무슨 재미로 살 것인가

저 멀리 피어오르는
아지랑이와 같은
가냘픈 꿈이라도 꾸어야 하리
시샘 바람이
꽃망울 날리더라도

새로운 기다림을
만들어야 하리

답답한 마스크 세상에서
기다림조차 사라진다면
한 많은 가슴
어찌 달래랴

성공의 조건

아침에 스스로 눈을 뜬다면
성공하는 하루가 시작되는 것이다

수많은 인연들이
내 곁을 떠나더라도
단 한 사람
남아 준다면
성공한 삶인 것이다

나쁜 풍문이 나돌더라도
어떠한 말과
행동을 하더라도
한결같이 신뢰해 준다면
그것만으로도
이미 성공한 것이다

당신의 눈물이

나의 눈물이 된다면
당신의 행복이
나의 행복이 된다면
성공한 삶을 살고 있는 것이다

잠자기 전에
뒤돌아볼 수 있다면
오늘 하루도
성공한 역사를 만든 것이다

잠을 자다가

잠을 자다가
한밤에
깨어나게 되는 것은
당신이 부르는 까닭입니다

날밤 새우는
당신의 아픔을
슬픔을
느끼기 때문입니다

밤이 깊어
온 세상 고요한 것은
세상만물이 잠든 것이 아니라
하나 된 마음으로
기도하는 까닭입니다

일체중생이

일체중생을 위하는
간절한 마음으로
찢어지고 병든 상처
치유하기 때문입니다

잠을 자다가
일어나 절하는 것은
한량없는 일체만물 공덕에
감사하는 까닭입니다

햇볕

그대 앞에 앉아
조용히 눈을 감으면
귓속 울리는
음악소리 흐른다

생각은 꼬리에 꼬리를 물고
현재에서
과거로
미래로
나래를 편다

지금
나에게 남은 건
생각하는 즐거움
단 하나

재산도 명예도

건강도 사랑도
어느 것 하나
걸림이 없네

이윽고
모든 걸 잊고
생각조차 놓아 버리나니

한순간
대자유인 보았네

신발장

밤이 되어
신발 가족들
모두 집으로
돌아왔어요

물기가 축축한
아빠 신발이
먼저 말을 합니다

온종일 눈이 와서
미끄러워 위험했어요
우리 주인은
비틀비틀 걸어서
맞추기가 더 힘들다고
불평하고 있어요

바로 옆에 있던

엄마 신발이
한마디 합니다

우리 주인은
너무 무거워요
배가 터질 듯 아파
눈물이 난다고
호소하네요

이번에는 가운데 칸에 있는
오빠 신발이
말을 합니다

우리 주인은
이곳저곳
바쁘게 뛰어다녀
너무 괴로워요

아래 칸에 있는
아기 신발이
깔깔 웃네요

나도 귀엽게 생겼지만
우리 주인은
너무 귀여워
안아 주고 싶어요

이윽고
신발들은 피곤한지
모두
쿨쿨 잠이 들었어요

그날이 오면

사랑할 수 없는 그대
떠나는 그날이 오면
너무 기쁘지만
나는
어쩔 수 없이
표정관리를 해야겠지

슬픈 척 울면서
잘 가거래이
손 한 번쯤
흔들어 줘야 하겠지

삐쳐서
다시 돌아오면
너무 괴로우니까

끈질기게

달라붙어 괴롭히던
그대
떠난다면
무엇부터 해야 할까

먼저 답답한 마스크 벗어
쓰레기통에 넣어 버리고
걸림 없이 고개 들고
밖으로 뛰쳐나가리라
가슴을 활짝 펴서
깊은 호흡하고
몸속에 숨어 있는 독소를
배출해 버리리다

무엄하게도
그대가 모시고 가버린
그 수많은 사람들을 애도하고

유가족분들에게
심심한 위로의 마음을 전하리라

목욕탕에 들어가
묵은 때 벗겨내고
더 쭈글쭈글해진 몸매
더없이 사랑하리라

거리로 나가
지나가는 사람마다
붙잡고 포옹해주리라
그동안 너무 고생했다고
살아와 줘서 고맙다고
기뻐하리라

드넓은 광장에 달려가
그대가 사라진 것이

와 이리 좋노
와 이리 좋노
노래하며
덩실덩실 춤을 추리라

도반들 불러내어
오손도손 같이 밥 먹고
차담을 즐기다
노래방으로 옮겨
밤새워
춤추고 노래하리라

달콤한 곡차 한 잔으로
쌓이고 쌓인
스트레스 씻어내고
새로운 삶을
다시 설계하리라

도저히
사랑할 수 없는 그대
두 번 다시
돌아올 수 없도록
내 삶의 방식부터
하나하나 바꾸고
앞으로 나아가리라

님을 위한 기도

슬픔의 날이 닥치더라도
님의 웃음
살아 있기를

차가운 겨울바람에도
가슴에는
언제나
따뜻한 봄바람
머물러 주기를

지갑은
가난하여도
마음은
더없이 풍족하기를

세월에 미인 없나니
몸은

비록 늙어 가더라도
마음은
항상 청년 같기를

세상에
오물이 넘쳐 흘려도
청정한 초심
변함없기를

운명의 여신이
님을
배반하더라도
도반의 신뢰가
늘 함께하기를

지리산 털보

아무나
털보가 되는 게 아니다
털이 많다고
되는 것도 아니다

잡털처럼
따사로운 마음씨가 있어야 하고
눈물로 자라는
부드러운 털이 있어야 된다

나무와 잡초
새들의 알까지
품을 수 있는
드넓은 가슴도 있어야 한다

막걸리 한 잔
깍두기 한 접시에도

눈물을 흘릴 줄 안다면
더없는
멋쟁이 털보가 될 것이다

진짜 아름다운
털보가 되고 싶다면
지리산으로 가라

빨갱이로 몰려 죽어간
수많은 민초의
피눈물로 자라나야
털보다운 털보가 되는 까닭이다

정말 향기로운
털보가 되고 싶다면
지리산으로 가라

눈빛으로

꾸미는 언어 소용없고
바이러스 옮기는
악수도 필요 없다

우리에게는
소리도 촉감도 없고
냄새도 나지 않지만
무엇보다 진실하게
마음에서 마음으로 연결되는
눈빛이 있지 않은가

오염된 언어로
순진무구한 당신을
표현할 길 없나니
미소 띤 눈빛으로
서로의 마음을 읽는다

거짓이 넘치는 세상
속일래야 속일 수 없는
마음의 창
해맑은 눈빛으로
진실한 대화를 해보자

마음을 갈고 닦아
아침 이슬처럼 영롱하고
봄볕같이
따사로운 눈빛이 되어보자

한라산의 눈물

한반도에서 떨어져
바다 위에 떠 있는
더없이 아름다운
한라산 제주도
일제가 패망하니
미제가 들어왔네

일제 하수인 토착왜구들
미제 모리배로 변신하여
양민을 수탈하였나니
해방은 해방이 아니라
굴욕과 양민 학살로 이어졌네

매국노 토벌대와
서북청년회 테러에 쫓겨
산 위로 오르니
하늘이 검붉게 물들었네

토착왜구 물러가고
동백꽃도 피고
유채꽃도 피었지만
무참히 학살당한
영민들 원혼
한라산 중허리
휘감아 올라가 있네

아, 백두산 천지
손잡고 함께 오르는
그날의 꿈 차마 잊지 못해
백록담에 머물고 있나니

한라산 제주도여
피로 물던 고난의 역사
뜨거운 눈물로 씻어내고
다 함께 가자꾸나
백두산으로!

벽 속의 여인

강산도 변하는
긴 세월 지났어도
볼 때마다
언제나
미소 띤 얼굴로
책을 읽고 있다

아마도
동화책을 보는 것 같아
그러길래
얼굴이
늘 청순한 소녀 같다

수많은 책이
책장에 꽂혀 있는
벽 속으로 들어가
친구가 되고 싶어

어제도
오늘도
내일도
그미를 바라보고 있다

눈길 한 번 주질 않아도
서운하지도
외롭지도 않다

몸은 떨어져 있어도
온 세상 함께 하는
그날의
꿈을 사랑할 뿐

현재에서
미래로
과거로

다리 밑에서
우주로
시간과 공간을 넘는

그미와
함께
나래를 편다

제4부

'호명'이는 어른이 되자
절을 짓는 등 공덕을 쌓았으나
출가하여 깨달음을 얻은 공덕에는
미치지 못하다고 하니
마을 절에 가서 머리 깎고 출가하여
삼장법사가 되었다네

님에게

옷깃을 스치는
바람 소리가
님의 목소리일 줄
알지 못했어요

창문을 두드리는
빗방울이
님의 슬픈 눈물일 줄
미처 몰랐어요

하늘에서 쏟아지는
뇌성 폭우가
님의 마지막
외침이 될 줄
깨닫지 못했어요

님이 떠난
빈자리에 피어난
하얀 국화에게
회한의 눈물을
바칩니다

이제는 바람소리도
빗방울도
뇌성 폭우도 사라지고
애끓는 고통만 남았습니다

그리운 님이여
용서하소서

대합실

왔다리 갔다리
끝없이 이어지는 손님들
잠시 머물다
가야 할 쪽으로
스스로 흩어지는 곳

내 가슴
비록 좁지만 한없이 넓은 곳
기쁨과 슬픔이 왔다 가고
쾌락과 고통
절망과 희망이 교차하듯
한순간 왔다가 사라지는 곳

붙잡고 싶은
즐겁고 기쁜 손님
순식간에 사라지고
고통과 슬픔을 주는 손님
빨리 떠나길 바라면

오히려 심술부려서
오래오래 남아 괴롭히나니

매 순간마다 바뀌는
손님에게 끄달려
울고 웃고 성내고 슬퍼하느라
다시 못 볼 세월만 보냈네

떠나는 손님
잡으려 하거나
오는 손님
내치려 하지 말지니

사랑하는 마음이여
구름처럼
바람처럼
스스로 오가게 하라

봄이 떨어지는 날

눈부시게 꽃이 피는 날
몰아붙이던 비바람
당신을
너무 아프게 했나요

정말 알 수 없어요
나는
당신이 될 수 없어
떨어지는
그 고통을
그 슬픔을

울지 말아요
꽃잎이 떨어져도
파랗게 올라오는
잎새

푸른 희망
일구지 않아요

비바람 잡을 수 없어
떨어져 흩어져도
당신은
다시
시작할 수 있을 거예요

거짓이
진실을 모함하여도
증오의 화살을 맞더라도
세상에 아름다움을
삶의 사랑을
포기하지 말아요

텅 빈 시간에 그려 봅니다
시들어 떨어지는 당신
다시 일어나
돌아올 그날을

산

우리는
눈이 오나
비가 오나
바람이 부나
하루도 빼놓지 않고
기쁘게 만났었지

이른 새벽
배낭을 메고
바람을 가르며 달려가
당신의 품에 안기면서도
난 몰랐었네
그게
당신의 사랑이라는 걸
깨닫지 못하고
당연한 권리라 여겼네

이제 많은 세월 흘러
함께 하던 벗들도
한둘 떠나가고
외로움에 지쳐
당신의 품을
사랑을
그리워하면서도
다가갈 수 없네

그냥 이렇게 멀리 서서
눈으로 보는 것으로
그리워할 뿐
언젠가는
이 눈사랑조차 할 수 없겠지

하나의 생명체가
세상에 나와

겪어야 하는
상실의 고통을 이기는 길은

그 아픔을
그 슬픔을
딛고 서서
모든 존재를
차별 없이
사랑해야 하는 것임을

당신은
언제나
그 자리에 서서
깨우쳐 주고 있네

시간과 공간은 같이 간다

공간은
시간의 흐름에 따라
변화하고
시간은
그 공간의 변화에 따라
그 길이가 달라진다

일체만물도
시간도
무상함을
늘 가슴에 안고 산다면
좀 더 겸허해 지리라

어제와 똑같은
오늘의 경계도 없고
어제와 똑같은
오늘의 시간도 존재하지 않는다

내 몸과 마음
또한
시간의 흐름에 따라
변화하고
그 변화에 따라
시간도 흘러간다

가슴 속으로

울음소리 들리면
가슴 속 들어가
이야기해 보리라
상처가 치유되겠지

경계가 들어오면
머물다 가도록
자리를 마련해 주리라
잡지도
내치지도 않으면
집착에서 벗어나겠지

세상 만물은
다름이 있을 뿐
맞는 것도
틀린 것도 없다는 걸

깨닫는다면
갈등에서 벗어나리라

영원한 사랑도
미움도 없다는 것을
받아들인다면
연민과 그리움이라도
남아 있겠지

모든 존재를
소유를 넘어
존재하는 그대로
가슴으로
사랑한다면
세상은
더없이 따뜻해지리라

무시무종

이른 새벽 일어나
소리 없는 언어로
대화를 나눈다
무상함 속에서
여여 하기를

소유의 욕망을 넘어
존재하는 그대로
사랑하므로
사랑하기를

수많은 생명체가
태어나고
죽음을 맞는
삶과 죽음의 길목에서 서서
언제든
떠날 준비가 되어 있기를

죽음은
시작도 없고
끝도 없는
긴 여행을
다시 떠나는 것이나니

그대와 나
시간과 공간을 넘어
마음의 빛으로
동행하기를

우리의 빛이
하나가 되는
그날
대자연으로 돌아가
온전하게 되리니

세상 전부인 사랑

내 곁을 떠나 있어도
만날 수 없어도
괜찮아요

목소리 들을 수 없어도
아무런 소식 없어도
괜찮아요

이 세상에
존재하는 것만으로
더없이 감사하지만
어느 날
갑자기 떠나더라도
괜찮아요

당신과 함께한

아름다운 추억이
나를 지켜주는
그림자로 남아 있나니

사랑하므로
사랑합니다
세상 전부인 당신을

바람은 다시 왔는데

조금 전까지도
울고 웃고 기뻐하던
사랑하는 친구여
나를 두고
어디로 갔나

손으로 잡을 수 없는
텅 빈 바람이 되었는가
바람은 냄새라도 있건만
그대의 따스한 사랑은
다시 느낄 수 없구나

늘 다정하던 눈길
온화한 목소리
향기 그윽한 자태
바람 타고 사라진
그리운 친구여

어디로 떠났나

창밖에
바람은
다시 돌아왔는데

개심사

마음을 내어
귀를 세워 듣고 싶습니다
천년 세월
애환의 소리를

배롱나무와 풀꽃들
날아가는 새들
상왕산 계곡물
호소하는 소리들

마음 문 열어
눈 떠 보고 싶습니다

바람 속에서
땅속에서
물속에서
척박한 환경에서도
최선을 다해 살아가는
소중한 생명들을

보이질 않고 들리지 않아도
보이고 들리는
광대한 우주 생명체를
너무나 미세한 몸속 생명을
더불어 함께 살아가는
이 모든 생명들의
애환과 눈물과 사랑을
느껴 보고 싶습니다

흔들흔들 외나무다리
경지를 건너서
일곱 선지식 오신 까닭을
존재의 진실을
깨닫고 싶습니다

씻고 닦아 낸
맑은 마음
활짝 열어서

일편단심 민들레

내가
사랑하지 않는 까닭은
당신을
사랑하기 때문입니다

사랑으로
괴로워할 당신
생각하오면
차마 그럴 수 없어요

눈물 머금고
돌아서는 마음
알 수 없을 테지만
그래도
당신을 사랑하오리다

어느 날

몹시도
그리워하신다면
하얀 민들레 꽃으로
나투오리다

명상

뜨거운 햇발 넘치는데
세상은 쥐 죽은 듯 고요하다

풀꽃은 고개 숙여 졸고
나무도 덩달아 축 늘어지나니
텅 빈 광장 홀로 외롭다

녹슨 매미소리 끊어져 조용하고
삽살개 고양이도 그늘로 숨었다

땅속 개미도 눈 감아 적막한데
파아란 하늘 뜬구름 한가하다

번뇌 잠들어
어제 내일 끊어지고
오늘도 사라지나니

온 천지 공적하다

님은 먼 곳에

당신이 떠나시는 날
다시 만나리라 생각했지만
세월은 야속하게
우리를 비켜 갔지요

영원한 별리가 있다는 걸
왜 몰랐을까
그리움 사무쳐 불러 보지만
당신은
먼 곳에 보이지 않아

수많은 인연
얽히고 설키지만
언제 또다시 만날 수 있으랴

스치는 순간마다
지순한 사랑으로
아니 후회하오리다

가로수

봄 여름 싹을 틔워
애써 키운 자식들
가을이 되면
또다시 잘리어 지는
쓰라린 고통에도 말이 없구나

수많은 벌레들 집을 짓고
빨대 꽂아 피를 빨아먹는 매미
까치는 깍 깍 쪼아
상처뿐인 몸뚱이지만
묵묵히 자리를 지킨다

매캐한 분진 마시고
신선한 공기
되돌려 주나니
그대는
세상 살리는 생명이다

사람들은 죽어가면서도
깨닫지 못하리
그대들이 세상 떠나면
아무도 살 수 없다는 것을

사랑하는 그대여
그럼에도
세상 사람 미워하지 말기를

민들레

떠나보내야 할 때가 되면
바람 불어 좋은 날
엄마는
하나하나 우산털 씌워
바람에 실어 보낸다

기름진 땅 정착하기를
기도하지만
간혹 심술부리는
바람도 있어
냇물에 떨어져
물고기 밥이 되기도 하고
바위 위에 떨어지면
애써 싹을 틔워도
말라 죽기도 한다

날아가 떨어진 곳이
하필이면 사방이
회색 시멘트로 덮여 있다
어쩔 수 없이
갈라진 틈을 비집고
자리 잡아야 했다

누가 뭐라 하든 살기 위해
사랑하는 자손들 보기 위하여
뿌리를 깊이 깊이 내려야 하고
가슴 짓눌리는 고통에도
예쁜 꽃을 피워 올려야 한다

마구 다니는 뭇 짐승의
발꿈치에 짓밟혀도
보란 듯이 다시 일어나

끈질기게
살아남아야 한다

시멘트 바닥 갈라진 곳은
그나마 괜찮은 곳이야
비록 사방이 막혀 있어도
뿌리를 땅속으로 내릴 수 있고
하늘도 볼 수 있지 않는가
비관하지 말고
굳세게 살아가야 하리

이렇게
그 풀꽃은
세상 한 자락 밝히는
주인이 된다

이명

자식들 안부 묻는 소리
끊어지고
심심하면
밥 한 끼 같이 먹자고
나오라 하던
친구 목소리도 사라져
우울증에 빠진
귓속에
온갖 음악이 들려 온다

밤낮 울어 대는
매미 같기도 하고
여치 우는 소리 같기도 한
생소한 소리

이 소리는 아니고

저 소리도 아닌데
그 소리를
달래 줄 방법이 없었다

어느 날부터인지
외로운 늙은이
마음 달래 주는
풀벌레 우는 소리에
시나브로 빠져들어
친구처럼 되었다

어느덧
정이 들어
대화를 나눈다
세상에는
알아주지 않는 아픔이 많아서

내 귀를 찾아 왔단다

아무도
들어 주려 하지 않는 소리들
작고 힘없는 이들이
아파하는 소리를
알리고 싶어 찾아 왔단다

그래서 왔구나
늙은이의 귀라도
의지가 된다면
너희들 아픔을 보듬는
엄마가 되어 주리라

표현할 수 없는 자의 슬픔

평생 동안 말과 글을 배웠으나
속마음 온전히 드러내지 못하는
아둔한 자의 슬픔을

가늠하기도 어려운
민중의 고난을 고난으로
아픔을 아픔으로
건조하게 표현할 줄 밖에 모르는
감성이 말라 버린 자의 고통을

터질 듯 부풀어 오른 가슴을
표현할 언어조차 찾지 못하는
절망감을
아시나요 당신은

짓밟고 물어뜯는 짐승들의

만행을 구경할 수밖에 없는
무능한 자의 분노와 비애를

저것들의 포악한 이빨이
계속 노리고 있음에도
깨닫지 못하는 민초에
연민과 슬픔을

비바람에도 꺼질 수 없어
계속 타오르는
간절한 민중의 촛불 행진이
가슴 찡해 눈물 나는 감동을

어찌해야 하올지
당신은
아시는 가요

갈대

갈대는 흔들리면서도
늘 그 자리를 지키고 있었다
나는 오며 가며 바라보면서도
왜 흔들리고 있는지
알아보려 하지 않고
갈대니까 당연하다고 생각했다
그러던 어느 날
평생 동안 흔들리지 않을 것 같았던
내 몸뚱이가
흔들흔들하는 게 아닌가
내 좁은 가슴속에도 어느새
갈대가 자라나게 된 것이다
드디어 자꾸 흔들리게 되자
세상의 모든 것에
눈길을 주게 되었다
나는 그제서야
흔들리지 않던 것이 흔들리거나

흔들리던 것이 흔들리지 않으면
고통의 눈물이 흐르게 된다는 것을
깨닫게 되었다
가슴 속 갈대가 계속 흔들리는
아픔을 주지만
새로운 세상 만날 수 있어
슬프지만 기뻐해야지 않으랴

여름 철새 왜가리

가족도
친구도 없는 듯
시냇물 돌 위에 서서
홀로 명상에 빠져 있다

저 물속 바닥에는
무엇이 있을까
고개 숙이고
사색에 잠겨 있다

나는
왜 추운 겨울
남쪽 나라 가지 않고
시끄러운 도심에서
지내고 있을까
먼 남쪽 하늘 쳐다보고

다시 생각에 묻혀 있다

배가 고프면
한 마리로 만족하고
발 앞을 겁도 없이
지나가는 다른 물고기
본체만체
'이 뭐꼬' 할 뿐

속세 인연 다 버린 출가자처럼
그는 늘 혼자 있어
친구가 되어 주고 싶다

그리운 봄에게

겨우내 참아내고
시샘바람 견뎌 찾아온
너에게
다가갈 수 없어 가슴 아프다

창밖에서 어서 오라고
나날이 성숙해 가는 풍만함으로
손짓하는데
잿빛의 세상에 갇혀
갈 수 없구나

기다림에 지쳐
개나리는 고개 숙이고
목련은 떨어졌네
벚꽃이 만발해졌지만
나는 잿빛 강물을
건널 용기가 없어

시리도록 찬란한 너를
안타깝게 바라보고 있다

머지않아 떠나게 되는 날
어떻게 용서를 빌어야 할지
모르겠구나

더없이 잔인한 4월에
화려한 자태가 더 슬퍼지는
너에게
너무 미안하구나

능소화

무더운 여름 한낮
답답한 마스크 틈새로
향기가 스며든다

담장 위에 올라탄 여인
붉은 입술 내밀어
웃고 있다

높은 곳에 있어
마스크 없어도
괜찮은가 보다

거리에는
마스크가 떠다니고
사랑의 입술 볼 수가 없다

애써 고개 내밀어 웃는

그미의 마음
이제서야 알 것 같다

인사동

눈이 오면 가야 한다
눈싸움하고 싶어
불알동무 많았던
인사동으로

비가 내리면 빨리 가야 한다
인사동으로
씻겨서 떠내려가기 전에
붙잡아야 하리
하염없이 기다려 주던
님의 발자취를

바람 부는 날이면 서둘러 가야 한다
인사동으로
향기롭던 님의 체취
날아가기 전에

지퍼 달린 비닐백에
담아야 하리

기뻐도 슬퍼도 가야 한다
밤하늘 별처럼
반짝 반짝 빛나는
사랑이 영글어 가던
우리를 찾으러

보고픈 옛 동무여
그리운 세월 찾으러
인사동으로 오라

언젠가부터

언젠가부터
나는 들을 수 없었다
흘러가는 물소리를
바람이 부는 소리를

반짝이는 별들을
밝은 빛 보름달을
볼 수 없었다

언젠가부터
몸의 소리가
두 귀를 차지하였고

돈다발이
두 눈을 차지하고 있었다

가슴에
묵은 때가 덕지덕지 붙어 있어
꽃의 향기도 모르고
따뜻한 봄바람도
느낄 수 없었다

흘러가는 세월도
한둘 떠나가는 친구도
깨닫지 못했다

아, 나는 주검이 되었는가

당신을 만나기 전에는

당신을 만나기 전에는
가슴이 춤추는 이유가 무엇인지
왜 혼자서
밤을 새우게 되는지
알지 못했다

혼자 좋아하는 게
왜 눈치가 보이는지
걸핏하면 가슴 아려
눈물이 나고
저 멀리 하늘 바라보고
그리워하게 되는지
알 수 없었다

당신을 알기 전에는
내 몸보다도
더 소중한 사람이
세상 전부인 사랑이

있다는 것을 알지 못했다

당신을 보기 전에는
무엇이 아름다운 것인지
순진무구한 사랑은
어떠해야 하는지
깨닫지 못했다

멀리 떨어져 있어도
이 세상 어딘가에서
당신과 함께
살아가고 있다는 생각만 해도
무한히 감사해야 하고

나는 행복하다는 것을
예전에는
깨닫지 못했다

도반을 보내고

꿈에 그리던 도반 만나고
뒤 돌아오는 길
코스모스
하늘하늘 속삭입니다

가슴 켜켜이 품은 사연
풀어 버리니
이제는
속이 좀 시원하냐고

꼭 하고 싶은 말 한마디
무언지 할 줄도 몰라
돌아서는 아픔
매미가 달래 줍니다

못다 한 사연
가슴에 남아 있어도

말로는 차마 할 수가 없어
애타는 마음 어찌하오리

도반이여
그게 뭘까 두고두고
생각해 보렵니다

슬픔인지 기쁨인지
모르는
안타까운 사연을

** 해설

그날이 오면

박주하(시인)

1. 봄의 증거

봄은 우주의 자비로운 전개를 허락받은 시간이다. 한껏 싹을 틔우고 사랑을 발산하라고 온 우주가 돕는 시기이다. 천신만고 끝에 밀어 올린 생명의 가치를 발견하며 성장에 대한 기대를 품어도 좋다. 그러기에 자연의 봄은 흔히 인간의 봄에 비유되기도 한다. 생장 에너지와 생명 순환이 서로 유사하기 때문일 것이다.

생을 최대한 끌어올리고 확장 시킨 여름을 지나 만물이 에너지를 수렴하는 가을이 온다. 열매를 맺고 에너지를 수렴하는 시간, 그야말로 활기 넘쳤던 봄날을 증거하는 시간이 도래하는 것이다. 세상의 모든 인연들이 정해진 바 없이 흐르는 듯해도 우주 만물에는 생명의 엄연한 질서와 본심이 있었으니, 여기 지나간 봄을 어루만지는 깊고 나직한 울림이 있다.

김용배 시인은 첫 시집의 자서에서 '부조리한 세상을 뒤엎어 버리고 싶은 분노'와 '슬퍼하고 기뻐하는 마음이' 함께 있었다고 밝혔다. 갈등과 갈증의 선상에서 슬픔과 기쁨이 공존했던 봄과 여름의 시간을 지나 이제는 '지나간 것은 지나간 대로 의미'가 있다는 어느 가수의 노랫말을 상기시킨다. 그가 유일하게 안타까워하는 대목이 있다면 그것은 아마도 뒤늦게 알아챈 사랑의 역사를 더 심화시켜나갈 시간이 부족하다는 인식일 것이다.

아침에 스스로 눈을 뜬다면
성공하는 하루가 시작되는 것이다

수많은 인연들이
내 곁을 떠나더라도
단 한 사람
남아 준다면
성공한 삶인 것이다

나쁜 풍문이 나돌더라도
어떠한 말과
행동을 하더라도
한결같이 신뢰해 준다면
그것만으로도
이미 성공한 것이다

당신의 눈물이
나의 눈물이 된다면
당신의 행복이
나의 행복이 된다면
성공한 삶을 살고 있는 것이다

잠자기 전에
뒤돌아볼 수 있다면
오늘 하루도
성공한 역사를 만든 것이다

- 「성공의 조건」 전문

아침에 눈을 뜰 수 있다면 매일 새로운 날이다. 어제의 꽃은 오늘의 꽃이 아니듯 삼라만상의 순간들이 모두 그 새로움 속에서 피어나는 현존하는 역사인 것이다. 시인은 성공의 조건으로서 눈을 뜨고 잠들 때까지 하루를 돌아볼 수 있음에 웅숭깊은 의미를 담는다. 인생을 관조하면서 더 깊게 맞이하는 새로움은 그에게 발견의 내적 확장을 돕는다. 낯선 것을 발견하는 새로움이 아니라 변함없이 남아있는 것의 새로움이다. 시인은 아침에 눈을 뜨는 자체가 성공이라고 말하고 곁에 남은 단 한 사람의 소중함을 사랑하며 감사하는 사람이다.

나쁜 풍문에도 불구하고 한결같은 신뢰가 바탕을 이루고 나아가 시인이 '당신의 눈물이/나의 눈물이 된다면' 혹은 '당

신의 행복이/나의 행복이 된다면'이라고 말할 때, 상호 간에
나눌 수 있는 공감대의 극진함은 성공의 절정을 보여준다.
'성공한 삶'의 표본을 제시하는 시인의 어법으로 보자면 우
리는 탄생과 죽음에 이르기까지 엄청난 성공의 가능성들 속
에 놓여 있는 것이 분명하다. 하지만 우리는 그 발견의 깨달
음에 도달하기까지 무수한 성공의 시간들을 하염없이 놓치
며 달려간다.

　사랑을 배운 뒤에 사랑을 전개하기는 어려운 구석이 있으
니 이는 우리가 모두 시간이란 물리적 현상에 지배당하는
인간이기 때문이다. 현재와 미래를 동시에 상정하고 예측할
수 있다면 인생의 착오는 미미할 것이다. 하지만 그것은 불
가능에 가깝다. 우리는 너무도 많은 심장을 놓치고 나서야
후회하고 우는 존재들이다. 다행히도 김용배 시인은 생을
지속하는 내내 자신의 내면을 고찰하고 응시해온 사람이다.
집요한 성찰을 통해 스스로를 다독이며 마음의 창을 닦았던
시인은 혼이 담긴 교감, 묵언의 진정성을 획득한다.

　　구태여 말하지 않아도
　　알 수 있다
　　혼이 담긴 눈빛으로

　　모든 것 다 준다 하여도
　　혼이 담기지 않으면

한순간 달라지는
거래에 불과하나니

말하지 않아도 느낄 수 있다
당신과 내가 서로 무엇을 하든
변함없는 따뜻한 눈빛으로

내가
당신이
누구에게 어떤 언행을 하든
흔들리지 않는 눈빛이라면
말하지 않아도 알게 될지니

소유의 욕망을 넘어
존재하는 그 자체로
감사한다면
굳이 말할 필요가 없으리라

－「사랑한다는 말」 전문

　사랑한다는 말을 할 수 있을 때 우리의 삶은 꽃피는 시
간이다. 봄날이다. 그런데 그 아름다운 말을 '혼이 담긴
눈빛으로' 나눌 때 시인은 '소유의 욕망을 넘어' 선 사랑
이라 말한다. 그 경지는 존재만으로도 감사하는 영적인
사랑의 세계이기도 할 것이다. 굳이 말이 필요없는 사랑

을 알고 느끼는 세계는 영혼에 대한 신뢰로부터 출발한
다. 김용배 시인의 모든 봄날과 모든 사랑은 신뢰의 바탕
이 아니고선 존재하지 않는다. 평생 자기 존재를 증명하
듯 일관된 사랑과 신뢰의 가치관은 너무도 확고해서 혼
이 담기지 않은 교감은 아예 거래에 불과하다고 말한다.
그런 그가 확고부동의 원칙으로 이어온 사랑은 예컨대
초심을 버리지 않으려는 그의 신념에 뿌리가 닿아있기
때문일 것이다.

　이별을 말하는 순간에도 사랑을 놓지 않는 시인의 호
흡은 자신의 세포들에게도 친절함을 아끼지 않는다. 시
인 내면에 숨 쉬는 또 다른 존재에 대한 배려이다. 시인
의 몸이 외적으로 고통받는 동안 그의 영혼은 외로움 속
에서 살고 있었을 것이다. 자신의 내면을 타자화시키며
달래보는 친절은 자기로부터 분리된 영적 진화를 암시
한다. 이는 아집을 버린 후에야 오는 성찰이고 미래를 함
께 꿈꾸었던 자기 안의 타자에게 무척 예의 바른 태도라
할 수 있다. 영혼의 친절에 감사하는 몸과, 몸의 고단함
을 달래는 영혼의 아주 특별한 대화를 들어보자.

　나는 알고 있다
　당신의 아픔을
　산 넘고 강을 건너
　거친 황야를

쉬지 못하고 달려왔다는 것을

한때는
생존을 위해 가야 했던
피비린내 나는
바다 건너 전장에서
용케도 살아남아
돌아오는 것을 지켜보았다

이념과 사상의 굴레에 막힌
칠흑 같은 터널을
빠져나왔다는 것을
아직도
썩어빠진 적폐의 유산을
붙잡고 있는 존재들에 대한
분노와 연민에서
괴로워하는 것도 잘 알고 있다

멀리서 보라
세상은 뒤로 갈 때도 있지만
조금씩 조금씩
앞으로 나아가고 있지 않는가

이제는
당신의 소망을

놓아 줄 때가 되었음을
육신이 보내는 신호를
느끼지 않는가

지친 당신에게
손을 내민다
가슴으로 돌아와
쉬어 가자고

봄이 오는 듯 떠나가고
여름이 왔다 가더니
다시 가을이 오고
세월도 세상 만물도
여여하지 않는가

지금은
마지막 겨울을
준비해야 하리니

거울아
거울아
쉬어 가자꾸나

                                    － 「대화」 전문

몸이 마음에게 쉬어 가자고 한다. 마음이 몸에게 그러자고 응답한다. 몸과 마음이 거울이 되어서 서로를 비추며 다독이는 형국이다. '산 넘고 강을 건너' '피비린내 나는/바다 건너 전장'과 '이념과 사상의 굴레에 막힌/칠흑 같은 터널'을 지나 '썩어빠진 적폐의 유산을 붙잡고 있는 존재들에 대한 분노와 연민'으로부터 더는 집착하지 말자고 한다. 손을 내미는 대상은 시인의 내면에 국한되지 않는다. 자신을 다독이면서 동시에 타자에게도 자신의 전언이 투영되길 바라는 간절함도 엿볼 수 있다.

시인은 출발지점을 기억하며 이제 가슴으로 돌아가자고 한다. 온 힘을 다해 육체의 바깥으로 질주하던 생을 끌어안으며 다시 돌아가는 곳, 가슴-심장은 태초의 호흡을 열어준 곳이기도 하다. 출발지점을 기억하고 돌아가려는 시인의 불가피성은 살아있는 존재로서 지닐 수 있는 가장 큰 타협을 의미한다. 돌아가야 하고 돌아갈 수밖에 없는 생명의 귀결, 자연의 이치를 말하는 것은 간단한 체념의 문법이 아니다. 감히 누구에게 말할 수 있겠는가. 너의 심장을 기억하라고.

그러면서 시인은 세상이 때로 후퇴하는 것 같지만 조금씩 앞으로 나아가고 있다는 믿음과 안도를 납득시키려 한다. 이는 시인이 소망을 놓아 주는 배후에 허탈감이 보이지 않는 이유가 되기에 충분하다. 세상에 대한 신뢰, 사람에 대한 믿음의 가치는 시인 자신이 추구해온 삶의 진리와 내통한다. 한 사람의 재가 수행자로서 일체중생의 선근을 행하는 모습으로 표출되기도 한다.

2. 바닥이 되어주는 힘

내가 제조 공장에서
세상에 처음 나오던 날
힘이 넘치고
햇빛도 찬란했다

시골 농부들
도와줄 수 있다는 기쁨
힘들게 생산한 농산물들
도시로 보내어
사람들 생활에 도움을

사랑하는 아이들에게
달콤한 과자 선물을
허기진 노동자들에게는
라면을 보내 줄 수 있다는
기쁨에 겨워 일했다

(중략)

코로나19 공격에

힘들어하는 사람들에게
온갖 생활용품들
가득 채워 보내게 되어
비록 몸은 고달퍼도
보람을 느꼈다

이제 돌고 돌아
너덜너덜해진 몸이 되었지만
서울역 지하에서
노숙인들
잠자리 만들어 주고
이불이 되어주고 있다

– 「종이 상자」 부분

시인은 제지공장에서 생산된 종이 상자에게도 탄생의 기쁨을 부여하는 한편, 무생물인 존재가 세상에 나아가 쓰임에 대해 기쁨을 느낀다. 쓰임에 대한 즐거움과 감사가 가득한 대목들은 세상이 그런대로 살만한 곳이고 살만한 가치가 있는 곳임을 말하기 위함이다. 마음이 시킨 고마움은 거뜬히 생의 비참함을 지나간다. 삶을 통해 터득한 진리를 자기 공간으로 데려와 회생시키는 방식은 세상의 마음을 내가 알아주는 것과 같다.

종이 상자와 시인 자신의 가치관을 동등한 선상에서 구조화하고 인간에 대한, 사회에 대한 거룩한 긍정을 토로한다.

'도와줄 수 있다는 기쁨'은 채소가 되고 달콤한 과자가 되고 노숙인들의 잠자리가 되는 것으로 처리되는데 이는 사랑을 전하고자 하는 모든 대상에게 밑바닥이 되는 길을 자처하는 마음이다. 그가 가슴 시린 사람들의 밑바닥이 되는 것을 마다하지 않는 것은 어쩌면 시인의 습관이기도 하다.

인생의 봄은 정면으로 오지 않을 수도 있다. 삶의 측면에서 기습적으로 올 수도 있다. 그 봄은 갈 데까지 가보는 희망의 절대적 긍정에서 포착되는 힘이다. 그리하여 남아있는 마음은 스스로를 변화시켜 영혼의 봄에 도달하는 길을 안내해줄 가능성도 암시한다. 하여간 시인은 기필코 봄은 오리니 희망만은 잃지 말고 살아가라는 진심어린 당부를 한다.

시인의 간절함은 어디에서 시작되며 반복되는가. 그것은 시인이 획득한 영혼의 깊이에서 시작되고 관계 맺음을 통한 성숙에 지향점을 두고 있다. 젊고 푸르디푸른 시절을 지나 청춘도 사랑도 모두 잦아들고 나면 번뇌마저 잠드는 시간이 온다. 아무도 찾지 않고 천지가 적적해지는 시간이 되면 영혼도 기력을 잃는다. 하여 시인의 간절한 호소는 끊어짐의 시공간에 닿기 전에 할 수 있는 최대한의 값진 용기이자 나눔의 의식이 된다. 삶을 더 깊이 인식하게 된 시인의 애틋함을 확인하는 대목이다.

더 사랑하고 더 원하지 못하는 시간에 대해서 시인의 안타까움은 지나버린 절정들을 지우며 세상 모든 사람들을 그리

워하기도 한다. 소통이 불가능한 세계는 자기의 존재를 감각
할 수 없는 세계이다. 서로를 물들이거나 물들 수도 없는 세
계, 생활의 아름다움을 상실한 세계인 코비드-19는 사회 곳
곳에서 숨통을 조여온다. 그가 감출 수 없는 슬픔을 드러내
는 나날은 여전히 지속되고 있다. 전 세계의 위기를 조장한
감염의 시간들을 그는 병원에서 보내는 것으로 보인다. 그곳
에서 그는 만나지 못하는 가족과 이웃들을 생각하며 바람 한
점 없는 나날을 슬퍼한다.

3. 갇힌 시간

묵은 때 벗기려 목욕탕 가고 싶어도
장발이 된 머리털 자르러
이발소 가고 싶어도
가족들 눈치를 보게 될 줄 몰랐다

모처럼 친구들 만나 반갑다고
손 한번 잡고 흔드는 것
식당에서 밥 한 끼 같이 먹는 게
그렇게 어려운 일인지
네가 오기 전에는 몰랐다

복잡한 거리에서

사람들과 부대끼는 것
지하철에서 버스에서
낯선 사람들 틈에 앉아 있는 것이
이토록 두려운 일이 될지 몰랐다

사람들 많은 곳에서
공기를 마시는 게 불안해지고
그 빨간 입술들
이렇게 두려워질 줄 몰랐다

병원에 입원한 친지들
문병할 수 없는 아픔을
마지막 길 떠나는 가족들
임종을 지켜주지 못한
애통함을 겪을 줄 몰랐다

마트에서 휴지를 사재기하고
총을 사려고 길게 줄 서 있는
선진국 사람들 형태를
대단한 일류 시민들 민낯을
네가 오기 전에는 볼 수 없었다

- 「코로나19가 오기 전에는」 부분

삶에 대한 지고지순한 사랑의 신념으로 외로운 사람들의
밑바닥을 자처했던 그에게도 코로나의 역습은 전혀 예상치 못한 일인 것이다. 어떻게 지내는지 기별도 어려운 사태에 직면한 세상의 위기는 간신히 숨만 쉬면서 혼자 전쟁을 치르고 있다. 인생을 항해의 개념으로 보는 시점에서 보자면 시인은 갑자기 갇힌 사람, 갇힌 세계가 된 것이다. 그곳은 시인이 알고 있는 시간도 아니며 일찍이 경험해본 적도 없는 공간이다.

"갑자기 나에게서 너무나도 자명하게 나타나 보인 것은 시간과 싸워야 한다는, … 내가 그날그날 목적 없이 살고 되는 대로 내버려 두면 시간은 손가락 사이로 새어 나가고 나는 나의 시간을 잃어버린다. 나 자신을 잃게 된다. 맨 밑바닥에서부터 생각해보면, 내가 이곳에서 마치 시간의 밖에 있는 것처럼 살기 시작한 것…"

로빈슨이 표류한 '탄식의 섬'에서 한탄했던 항해일기이다. 로빈슨이 무인도에 갇히자 '마치 시간 밖에 있는 것처럼' 살기 시작했다는 대목은 시인의 고립감과 중첩된다. 자발적 고립이 아닌 외부의 불가항력적 고립에는 엄청난 고통이 따른다. 더구나 병상에서 느끼는 고립감과 외로움은 코비드-19의 세상을 살아가는 이들에겐 감히 말할 수 없는 힘겨운 문제일 것이다. 시인은 고립의 두려움을 겪으며 사소한 일상의 대한 그리움에 몸서리친다. 임종을 지켜주지도 못하고 손을 잡아 줄 수 없는 환경과 사람들 속에서 공기조차 함께 마시기 두려워진 작금의 현실은 구원의 존재가 사라진 섬에 갇힌 존재와 같다.

참다운 나를 찾으며 끌려다님이 없는 여여한 수렴의 시간을 갖고자 염원했을 시인에겐 어처구니없는 속박이었을 것이다. 고통에 속박된 생의 전쟁, 그것은 어쩌면 적이 보이지 않는 외로운 전쟁이기도 하다. 내 몸과 마음이 싸우는 전쟁에서 승리는 없다. 쉬어 가자고 말해볼 여유도 사라져버린 고통의 시간은 그야말로 지난했던 중생의 고행을 한 호흡 한 호흡 불사르며 가는 부처의 뒤꿈치를 보듯 뼈에 사무치게 다가온다.

4. 죽음 연습

아픈 몸이
경련을 일으키면
마음은 놀라 어쩔 줄 모르고
죽음의 공포로 아득해진다

너무 아파
이제 떠나려 하나
흔쾌히 보내지 못하나니
몸은 더 아프다고 보챈다

253

아, 이제야 알았네
몸이 아픈 게 아니라
집착하는 마음이 아픈 것을

미움도 사랑도
모든 관계도 놓아 버리고

삶의 욕망까지 비워 버리면
고통도 공포도 사라지나니
그 무엇을 두려워하랴

불타는 집 버리고
이제 그만
자유롭게
훨훨 날아가야지

-「숨 쉬는 고통」 전문

　어느 날 시인이 너무 아파서 생각해 보니 그것은 '몸이 아
픈 게 아니라/집착하는 마음'이었다. 하여 '미움도 사랑도/모
든 관계도 놓아 버리고' 삶에 대한 욕망을 스스로 거두고 보
니 그것이 곧 고통의 공포에서도 벗어나는 길이라는 것이다.
흔쾌히 보내지 못하는 마음을 이르러 시인은 집착이라고 했
다. '집착'은 그야말로 '불타는 집'이다. 태어나서 지은 인연

과 그 인연 속에서 일으킨 생각으로 지어졌던 집을 불태우고 훨훨 날아가겠다는 시인의 발로가 수행의 수렴과정을 겸허하게 보여준다.

시집의 절창이기도 한 시, "숨 쉬는 고통"은 시인의 모든 걸음이 어쩌면 이 한 대목의 성찰을 얻기 위한 행보가 아니었을까 하는 생각마저 안겨준다. 하나의 법이 일어났다가 사라진다. 그렇듯 세상에는 수억만 개의 법이 일어났다가 사라진다. 아니 우주의 별만큼이나 다양한 중생의 법이 일어나고 사라진다. 어느 것 하나 고정되어 있지 않으니 일체만법이 한순간에 허공이 된다는 것은 이를 두고 한 말이 아닐까 싶다. 시인이 지은 인연과 연결된 모든 생각과 몸이 사라진다는 것을 깨닫는 순간이라면 이제 세상 그 무엇이 두렵겠는가. 일체의 모든 것은 모두 마음에 있다는 〈화엄경〉의 중심사상인 '일체유심조'를 단번에 해독해주는 시적 역할과 그의 걸림 없는 생각을 읽을 수 있다.

마음이 경계를 지으면 지을수록 경계는 생에 대한 핍진함을 이끌고 온다. 그럼에도 우리는 경계를 무너트리는 자세에 미숙하고 무지하다. 이 세상을 살아가면서 경계심을 지운 날들의 지분은 매우 적거나 끝내 그마저도 영영 만나지 못할 수도 있다. 대체로 세상의 논리가 선과 악으로 대립되어 있으므로 경계를 지우는 것은 그 중간을 버리는 일이다. 세속의 연세를 어림잡아 유추한다면, 시인은 지금 지나온 삶 속에 연루되었던 수많은 경계를 지워가는 중이다. 경계심을 지우며 생과 멸이 하나가 되어가는 중이다.

불법에 의하면 죽음은 물이 되는 것과 같고 삶은 얼음이 되는 것과 같은 이치이니 물이 되어 가는 사람의 어법에 숙연하지 않을 수 없다. 부처는 법을 취하되 그 법 또한 버리라고 누누이 말했다. '중생이 아프면 내가 아프다'는 부처의 전언을 인용할 만큼 절절한 시인의 연민에서도 드러나듯, 시인 김용배는 참으로 세상을 사랑했고 사람들을 아꼈으며 자비심이 넘치는 성정을 지닌 사람인 것을 많은 시편과 어조에서 읽을 수 있었다. 시와 시인의 거리에 경계가 없는 까닭이 아닐까. 젊은 날 시인과 마찬가지로 몸과 마음에 경계가 확연한 시절을 살고 난 이후에서야 버려지는 집이여, 한껏 타오르고 날아올라라, 그리고 그 끝에서 춤을 추기를.

그가 숱하게 꿈꾸었고 언급했던 '봄' '봄날'의 이미지는 우리에게 남은 봄들을 아낌없이 살라는 전언과 같았다. 환히 꽃핀 그 봄을 살고 격동하는 여름을 지나온 모든 이들이 도착하는 가을이란 간이역이여, 우리는 제각기 같은 씨앗을 품고 가는 듯하지만 서로 다른 내면의 열매를 품고 간다. 생장과 수렴을 모두 겪은 자연은 아주 편안한 결실의 세계로 돌아간다. 가슴-심장에서 나왔으니 변함없이 심장-가슴으로 돌아가는 것이다. 시인의 말대로라면 모든 것은 헛된 일이 아니다. 느슨해지는 마음이 될 때마다 고쳐 앉는 자세, 경계 없는 세계로 나아가는 길에 숙제가 남았다면 그것은 죽음이 아니라 죽음을 바라보는 자세일 것이다. 시인의 시 「죽음을 생각하자」의 부분을 인용하며 끝을 맺는다. 성숙하고 경건한 시인이시여, 부디 두려움과 고통이 없는 가을의 시간 속에서 여여하시길.

　　이른 아침에 일어나
　　하루를 시작하기 전에
　　오늘은 무엇을 할 것인가
　　결정하기 전에
　　먼저 죽음을 생각하자
　　좀 더 진지해질 것이고
　　탐욕과 갈등을 줄이게 될 것이다

　　다른 사람을 만나기 전에
　　전화하거나
　　받기 전에
　　죽음을 생각하자
　　좀 더 너그러워지고
　　진실하고 따뜻한 대화를 하게 될 것이다

　　(중략)

더 많은 돈이 필요하다는
욕심이 일어나면
죽음을 생각하자
더 많이 남에게
베풀게 될 것이다

(중략)

너무 슬퍼하지 말고
죽음을
통과의례로 받아들이자
언젠가는
누구나 거쳐야 하는
그것은
주어진 삶의 임무를 마치고
다시 고향으로 돌아가는

두려움과 고통이 없는
영원한 안식과
평화를 누리게 될 것이다

— 「죽음을 생각하자」 부분

불교문예시인선 • 045

그날이 오면
©김용배, 2021, Printed in Seoul, Korea

초판 인쇄 | 2021년 12월 15일
초판 발행 | 2022년 01월 01일

지은이 | 김용배
펴낸이 | 문병구
편집인 | 이석정
편 집 | 구름나무
디자인 | 쏠트라인saltline
펴낸곳 | 불교문예출판부

등록번호 | 제312-2005-000016호(2005년 6월 27일)
주   소 | 03656 서울시 서대문구 가좌로 2길 50
전화번호 | 02) 308-9520
전자우편 | bulmoonye@hanmail.net

ISBN : 978-89-97276-59-2 (03810)
값 : 15,000원